LOCAlismos

Autora: Laura henriquez del rosario

Dedicado a mi madre

a mi hermana Marta

a mi tìa Pino

a mi familia

y a mis antepasad@s

MICROEROTISMO:

....esa dulce violencia entre mis piernas....

tu latido

Tus manos maestras en mis pechos

apretando y retorciendo mis pezones

tan profundo como tu vulva

y tan dulce como tu humedad con la mía

humedad que traspasa mis bragas

y tú en mi mente....

nuestro primer beso:

mi lengua se une con la tuya

y ya te siento tan adentro.....

tú dentro de mi

yo sudo....respiro agitada....

me late tan fuerte el corazón

Mi fuego....

Tu humedad....

hablándonos....

peleándonos....

Follando.

MONòLOGO:

hola

me presento

me llamo yo

como cualquiera

pero les vengo a contar una anécdota

yo iba por la calle, bailando... normal..., como suelo ir

y va y me para un policía y me pide el carnet de identidad

y yo,claro , me puse a cantar

no soy de aquí ni soy de allá y ser feliz es mi carnet de identidad...

y el me cogió con rudeza y me puso contra la pared

---

cuando me dijo: “separe bien las piernas” yo pensé pa mi ya he ligado

se me puso a meterme mano como un loco desesperado

y yo me dije a mi misma...: por dios!!!este trae jambre atrasá

luego me cogió las muñecas y me las juntó en mi espalda y me puso algo metálico

y pensé pa mi: lo último que me faltaba encima es sadomaso

me dijo cosas maravillosas y prometedoras como:”voy a ficharla” y “nos veremos con el juez”

y yo me dije a mi misma, porque yo hablo mucho conmigo, genial un trío un juez!!!!

---

me metió en un a furgoneta mu chula con mucho espacio libre

y de repente mi gozo en un pozo

porque cuando aparcó la furgoneta me metió en una habitación sin cama o paredes de espejos na!!!!

pero me hizo mucha ilusión cuando me hizo dos selfies de cada perfil

me dije a mi misma que romántico es ;quiere recuerdos míos

lo último que me dijo fue tiene usted derecho a una llamada

y; como mi tía está pachucha de la artritis se me ocurrió llamarla

me contestó al teléfono y le pregunté como estás hoy tía?

Ella dijo : “mal, y contigo qué?

dónde andas todo el día?”

---

yo le expliqué todo

y ella me contestó muy enfadada:" el carnet de identidad te lo has dejado en casa y ahora con lo mala que estoy tengo que ir a dejarte en libertad!!!"

y yo dije: gracias tía siempre soñé con el día en que me dejases en libertad de ser yo misma"

ella colgó el teléfono muy bruscamente sin decirme nada

y ahora estoy en libertad!!!!!!!!!!!!

gracias tía!!!!!!!!!!!!

(Esbozo de un proyecto mío:)

se trata de una **vìdeocreación** que se titula: "fallo del sistema"

comienza justo con las campanadas de año nuevo en la puerta del sol (si es en Madrid) y continúa con todas esas fechas hechas para el consumismo que tiene el año por el orden común que llevan cada año(san valentin etc..)

de fondo se escucha el sonido de marcha militar, como en un desfile militar y en el corto las personas de la videocración se moverán al ritmo de la marcha militar

yo no logro acordarme de todas las festividades en pro del consumismo necesito ayuda con esto y con el audio vídeo

Monólogo:

buenas

me presento

pues yo soy una cochina cualquiera

cochina cocoreana porque estoy a favor de la democracia y libertad en China y Corea

y venía a hablarles

de Canadá

Canadá es muy frio

no por su clima

no por su gente

---

por su gazpacho

er gazpacho canadiense, a diferencia del español, se hace con el granizo que cae del cielo en invierno y si ojalá que llueva café en el campo

con café

pero lo peor que tiene Canadá no es eso

es la prueba que tienen que pasar tod@s l@s aspirantes a policía montada del Canadá

y es

que les monte un semental enorme de caballo

a cada uno de los aspirantes

y; si soportan la prueba ;ya son policía montada del Canadá

pero pensando yo pa mi...

no es mejor que le den ell@s al caballo?

Eso !!!!!!!yonquis tos yonquis!!!!!!!!!!

---

y si allí funciona....

que lo traigan a la policía española

que no está montada

pero;en mi humilde opinión

falta les hace.

Escena bajo un árbol:

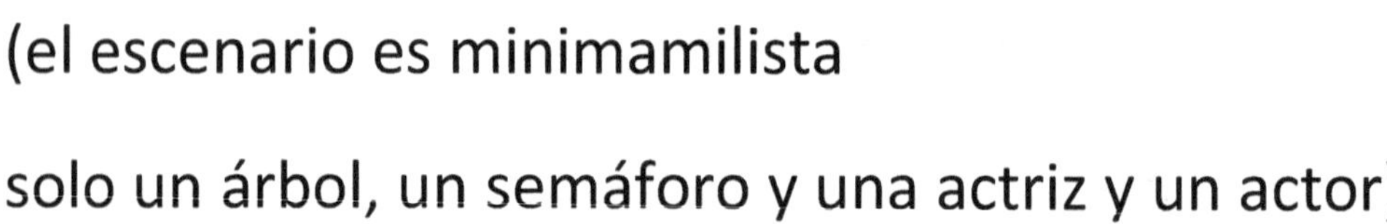

(el escenario es minimamilista

solo un árbol, un semáforo y una actriz y un actor)

Hay una mujer que parece muy golpeada por la vida hablando como delirios mientras dibuja algo con el dedo en el suelo

ella está bajo un árbol en medio del escenario

Ella dice:"no encuentro....y yo aquí...mi padre....

el dinero sobraba....no tengo tiempo...."

---

y entonces aparece el actor desde el fondo del escenario

Señala a la actriz y exclama como acusándola:

" No te bebiste la vida como una cobarde!!!!!!!!!!!!"

La actriz levanta la cabeza de repente como quien se acuerda de algo y mira al actor.

Después el actor señala al público y exclama duramente: "Y si ustedes muriesen hoy!?!?!?"

"Y si ustedes fuesen a morir ahora!?!?!?"

"con qué persona estarían y que le estarían diciendo!?!?!?"

Hay un semáforo en rojo para peatones en una calle solitaria

y el actor se encuentra de repente parado al lado del semáforo esperando cruzar

y gira la cabeza por casualidad y ve el semáforo y lo observa como si fuese la cosa más bella que haya visto nunca y como si de repente se acabase de enamorar

y le susurra al semáforo: "si tú me amases yo daría mi vida por ti..."

De pronto el semáforo cambia a verde para peatones y el actor tiene que cruzar la calle

y cruza mirando al suelo y pateando una lata que había mientras dice:" mi psiquiatra me tiene dicho que lo tengo que superar; que no debo ser tan enamoradizo que le entrego mi corazón a cualquiera

---

no puedo con esto,

no puedo con esto”

y se va del escenario como cruzando la calle

(esta pequeña escena teatral intenta poner al público frente a su propia muerte y también danos cuenta de nuestra falta de amor en nuestra sociedad)

ARTE VIVO. TAROT VIVO(proyecto artístico)

En general la idea es que las personas que visiten el lugar (consulten o no el tarot) tengan cada un@ sus propias sensaciones con sus cinco sentidos más la reflexión

necesitaré:

- una sala(tampoco tiene que ser muy grande) donde el suelo estará completamente cubierto de tierra que se pise y camine con comodidad descalzad@s se recomienda descalzarse al público para una mejor experiencia (con un cartel en la entrada)
- en las cuatro esquinas habrá cuatro pantallas tamaño mediano pequeño en las que se emitirán imágenes relajantes

- a su vez a través de los altavoces de las pantallas se emitirán las frecuencias de origginal solfeggio en orden ascendente con sonido envolvente para toda la sala
- para el sentido del olfato se quemará incienso (nag champa) cada varilla o cono tendrá la protección correspondiente donde recoger sus cenizas se intentara también olor envolvente en la sala
- en las paredes irán pinturas y una frase de reflexión en cada pared:

En la pared del fondo ira pintado un drago canario con la siguiente oración:"yo pido quiero y agradezco que yo hago la voluntad divina para el resto de mi vida(de la divinidad en la cual se tiene fe)

en la pared de un lateral la pintura de un aloevera con la frase" tu ego es solo una maravillosa oruga destinada a mariposa"

---

en la pared de enfrente a la anterior la pintura es un rosal con la frase”dale de comer a tu ego amor veras que rápido llega a evolucionar”

En la pared enfrente de la pintura del drago habrá una pintura de un laurisilva con la siguiente frase”descansa en paz ahora , es tu mejor opción”

en el centro de la sala habrá dos puffs(para quien no pueda sentarse en un puff habrá una silla)

no quiero mesa entre el consultante de tarot y yo porque yo no quiero sentar acta con lo que diga gracias a la ayuda del tarot yo y quedarme con el poder de decisión o cualquiera del consultante.

Te busco

Y te me pierdes

Entre mil ruidos

Entre mil esperanzas

Que me rompen

Porque la promesa de un trébol puede romperme en mil pedazos

Porque la tristeza de un día de lluvia puede más que yo

¿Para qué existir sin mis sueños?

No le veo sentido

Ya se

Que pueden más que yo

Yo creo en ángeles

Es cierto

Yo creo en ángeles

A veces les veo

Danzando a mí alrededor

Mi psiquiatra me encerraría

No sé si me responderán

Algún día

No voy a escribir vivir sin ti

No, yo no voy a escribir vivir sin ti

Porque yo no creo en esas músicas

…o yo creo..que... no creo

o…yo creo…que yo no quiero… creer…

Mi poesía es impulso

Es caprichosa …viene…va….

Cuando una poesía me deja satisfecha me gusta darla

Escribo como vivo

Mi poesía es poesía inacabada

Desde que estas con ella

No camino bien

No me oriento

Me pierdo en mi ciudad natal

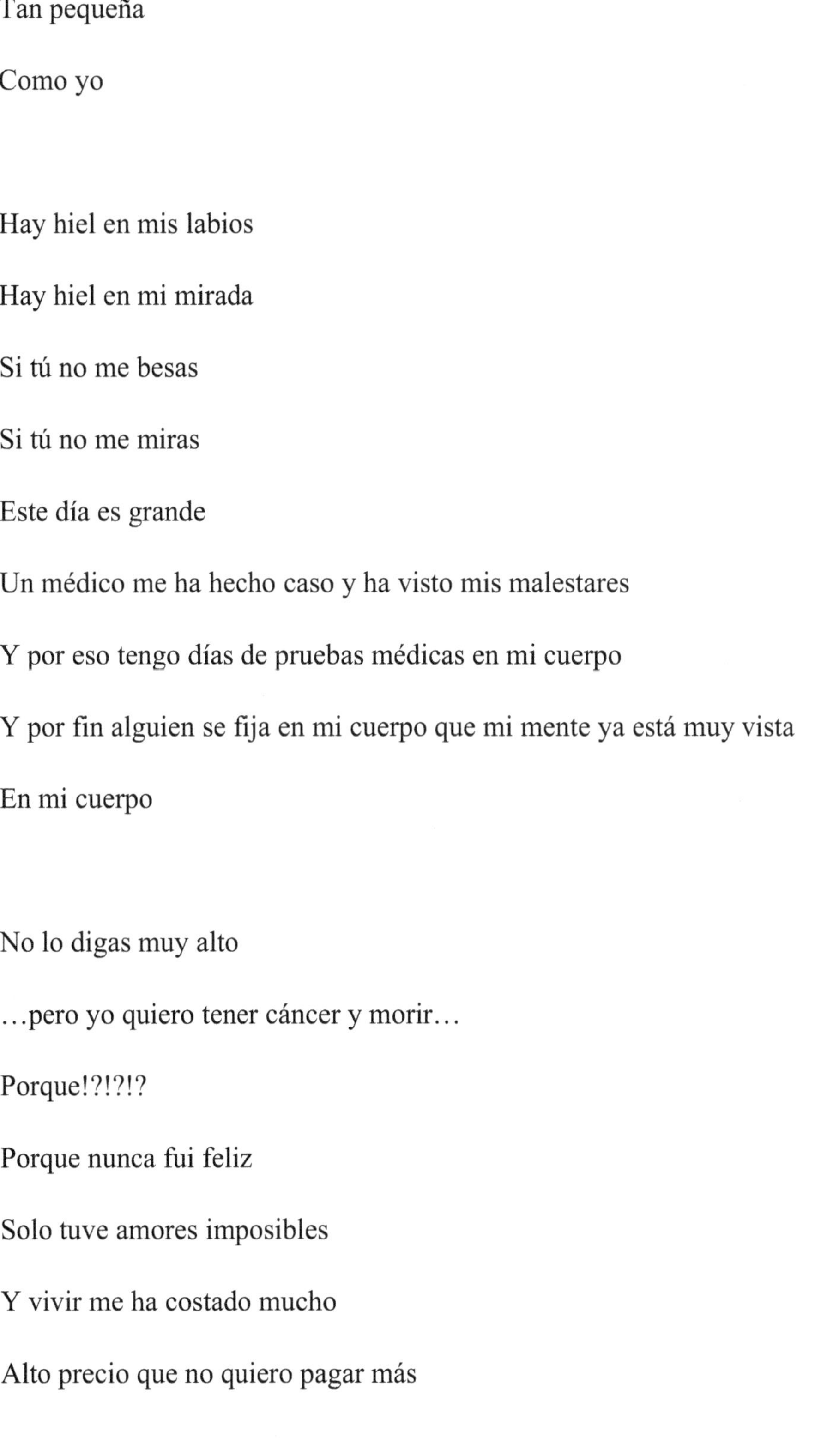

Tan pequeña

Como yo

Hay hiel en mis labios

Hay hiel en mi mirada

Si tú no me besas

Si tú no me miras

Este día es grande

Un médico me ha hecho caso y ha visto mis malestares

Y por eso tengo días de pruebas médicas en mi cuerpo

Y por fin alguien se fija en mi cuerpo que mi mente ya está muy vista

En mi cuerpo

No lo digas muy alto

…pero yo quiero tener cáncer y morir…

Porque!?!?!?

Porque nunca fui feliz

Solo tuve amores imposibles

Y vivir me ha costado mucho

Alto precio que no quiero pagar más

Vi soldados morir sin prestar contienda

Vi guerreros expertos rendirse

En plena guerra

Nunca cojas el escudo de otro para luchar en su lugar

Pues cada cual tiene sus propias batallas

Mi boli escribe sin tinta porque escribe sobre ti

Y no hay nada

Y no queda nada

Y no es posible nada

….sin tinta….

Hoy escribiría sobre el sol

Porque me falta

Pero no escribiría sobre ti porque me faltases

Sino porque te amo

Debe ser que amo lo imposible como amo al sol que solía calentar mis huesos

Hoy no voy a verte

No vendrás

Y en Madrid llueve

Y a mí me parece

Que Madrid

Llora

¿Para que escribo?

Para compartirme

Yo escribo para imposibles

inviables

minusvàlidos

desconocid@s

Para personas

Como yo

Nada de que un escrito es una cosa

Un escrito tiene vida

En quien lo lee

Solo en quien lo lee

Yo creo que una tarjeta bancaria

Se parece a un pene

Con ella puedes

Meter

Sacar

Cuando pagas un recibo te chupa de la tarjeta

Tiene muchos usos

Yo creo que una tarjeta bancaria se parece a un pene

Parece un refugio

Es una gran nave

Me parece un establo para vacas o cerdos

Con una sola salida

Que cierran por la noche cuando más quiero

Huir

Nada

La nada es lo más cierto de lo incierto

Nunca estaremos juntos

Nunca me acariciaras

Y no como a ella

Ella tiene mucha suerte

Y quizá

Ella no sabe nada de suerte

Vamos!!!

Vamos a pasar por debajo de la rosaleda

Como yo la conozco y

Tu no

Hagamos que San Pedro diga nuestros nombres!!!

Encontrémonos con hadas duendes druidas elfos…como yo los conozco y

Tu no

Porque

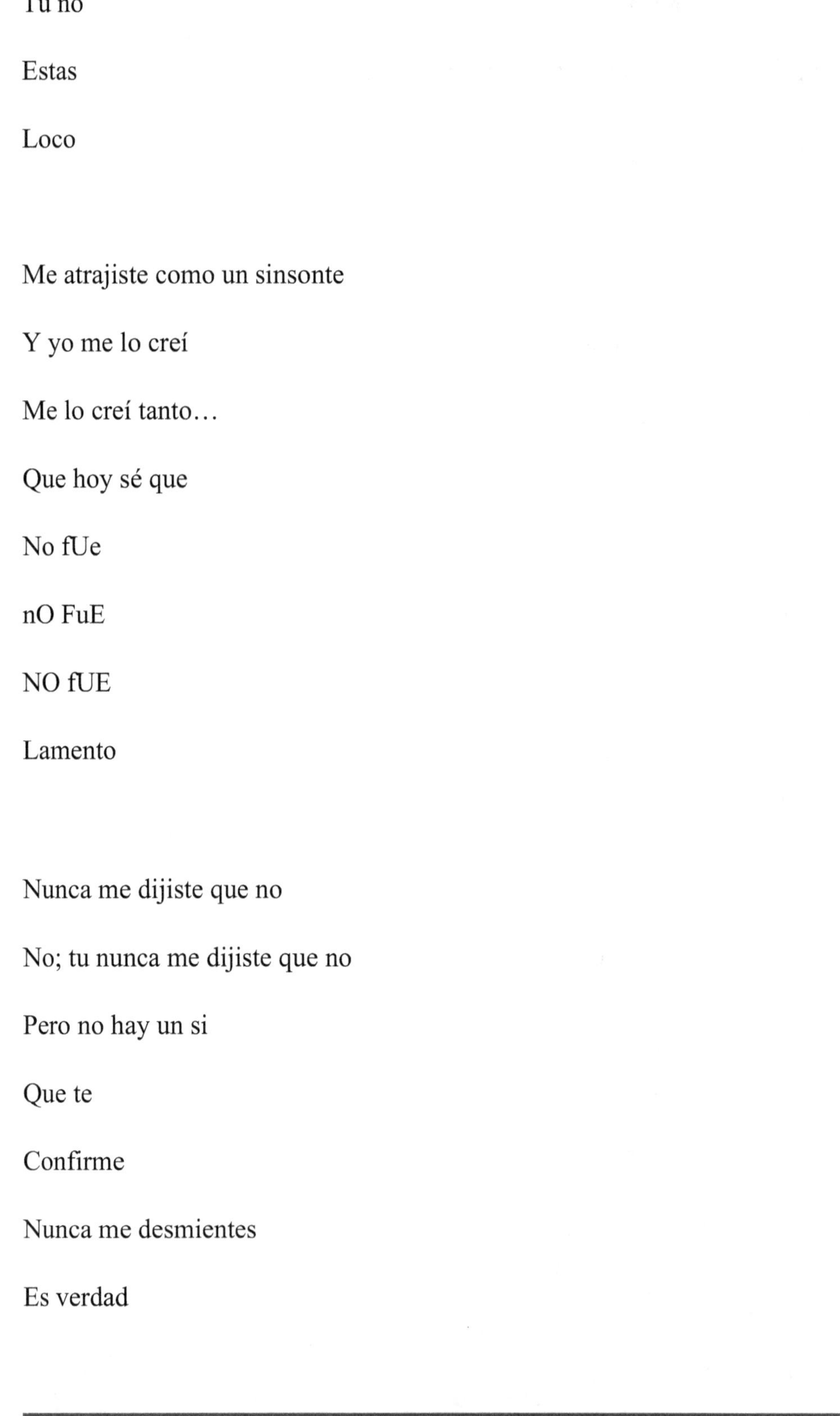

Tu no

Estas

Loco

Me atrajiste como un sinsonte

Y yo me lo creí

Me lo creí tanto…

Que hoy sé que

No fUe

nO FuE

NO fUE

Lamento

Nunca me dijiste que no

No; tu nunca me dijiste que no

Pero no hay un si

Que te

Confirme

Nunca me desmientes

Es verdad

Nunca me desmientes

Pero tampoco confirmas

Que te amo

Aquí la comida no es muy buena

Pero me conformo

Las butacas de dormir son muy duras

Pero me conformo

Peor es la calle

Que no conozco apenas

Porque prefiero la muerte!!!

Porque prefiero la muerte!!!

A una vida inacabada

A una vida sin terminar

A una vida en deuda

Porque me dijeron que si era buena lo conseguiría

……te acertaron….

¿Si no eres tú?

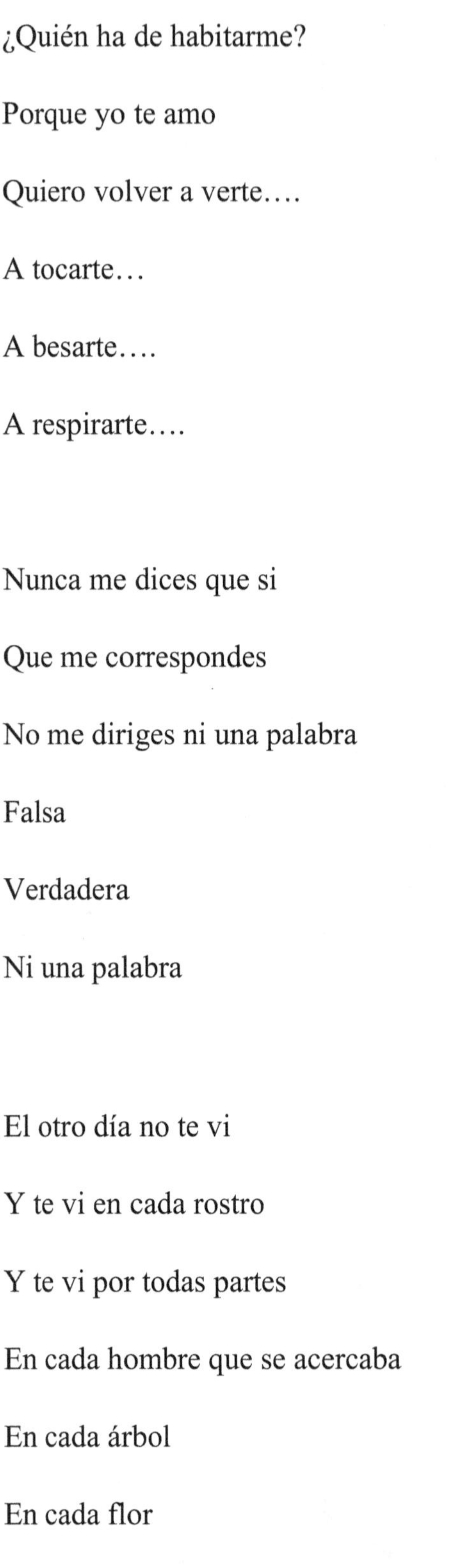

¿Quién ha de habitarme?

Porque yo te amo

Quiero volver a verte….

A tocarte…

A besarte….

A respirarte….

Nunca me dices que si

Que me correspondes

No me diriges ni una palabra

Falsa

Verdadera

Ni una palabra

El otro día no te vi

Y te vi en cada rostro

Y te vi por todas partes

En cada hombre que se acercaba

En cada árbol

En cada flor

En todo estabas tú

No entiendo la vida sin ti

No comprendo la vida sin ti

No encuentro templos dignos de ti

Donde rezarte

Adorarte

Amarte

Encuentro establos sin ganado

Relojes sin agujas

Que

En lugar de marcar tiempo

Marcan soledades

No me alcanza la pluma

Y va…. Y escribe…casi sola

Sin que yo preste atención

Sin que yo la mueva

Seria magia

Si no fuesen cosas…

Del amor

Hoy que tu no estas

Menos mal que esta el mar

El árbol que suelo abrazar

En mi cuerpo

Y tú

En mí

En todo lo que yo soy estas

No falta un resquicio sin ti

Y no me basta

Yo te amo completo

Yo te amo dentro de mí

Y a mí alrededor

Trabajando

Mirando

Hablando

Olisqueando

respirando

Siendo

Hoy escribo sin parar

Es un record

El máximo numero de versos escritos

En un día

Pero sinsentido

Sin norte

Quiero llegar hasta el final

Y no Te encuentro

Y Tú no estás en mí

no me siento el corazón

A lo mejor algún día

Me amas

Y creo que nunca me amaras

Porque lo veo imposible

Porque lo veo inviable

Porque lo veo ilegal

Si algún día llegas a amarme

No me lo podre creer

No lo poder asumir

No me podre esconder lo suficiente

De ser buena lo aprendí

No se llevarlo mejor

No sé si soltarlo de mis brazos

No creo en la policía

Demasiadas decepciones

Demasiadas peticiones de auxilio

Sin respuesta

Sin defensa

Amarrada

En el contrario de los opuestos

Ahí estamos

Tu

Y

Yo

Ahí estamos

Bennedetti fue mi favorito

Cernuda también lo fue

Igual que Tagore

Igual que Rumi

Debe ser por eso que

Yo odio lo que escribo

Decir Te amo es poco

Cuando quieres expresar tanto…

Unas líneas son poco

Cuando quieres expresar tanto…

Todo es poco

Para darte

Para regalarte

Para intentar enamorarte

Escribo que te quiero

Porque te amo

Escribo que me odio

Porque me detesto

Y no nos iría bien

Seguro

Ya estoy contigo

Ya te estoy besando

Ya te estoy abrazando

Y….

Despierto

Estaba soñando

Llevas 1000

1000 errores sin mí

Sin mi no sirve

No funciona

Sin tus labios en los míos

Ya es 1 error

No te amo tanto como creo

Es una equivocación de mi mente

Es un error de casualidad

Es un te quiero al viento

Que contesta

No!!!!!!

Lo peor de todo es mi amor

Lo peor de todo es que no estas

Es que nunca confirmas mi amor por ti

Es que nunca apareces cuando yo quiero

Es que no me sostienes la mirada

Lo peor de todo es que no es posible

Hoy me han mirado con desprecio

Me han echado de un bar de mala muerte

Todo porque no iba bien vestida

Todo porque soy una sin techo

Todo porque soy pobre

¿

Y si nos cortan la luz?

Y si nos quedamos sin pan?

Quien hace esas preguntas

Yo creo que se esta

Condenando

¿Por qué tenemos miedo al sol?

¿Por qué no dejamos que se extingan las especies?

¿Y si es su ciclo natural?

¿y si la naturaleza no nos necesita?

¿no nos quiere?

Mejor la dejásemos sola

Porque nosotros estamos locos

A veces mi poesía está llena de preguntas

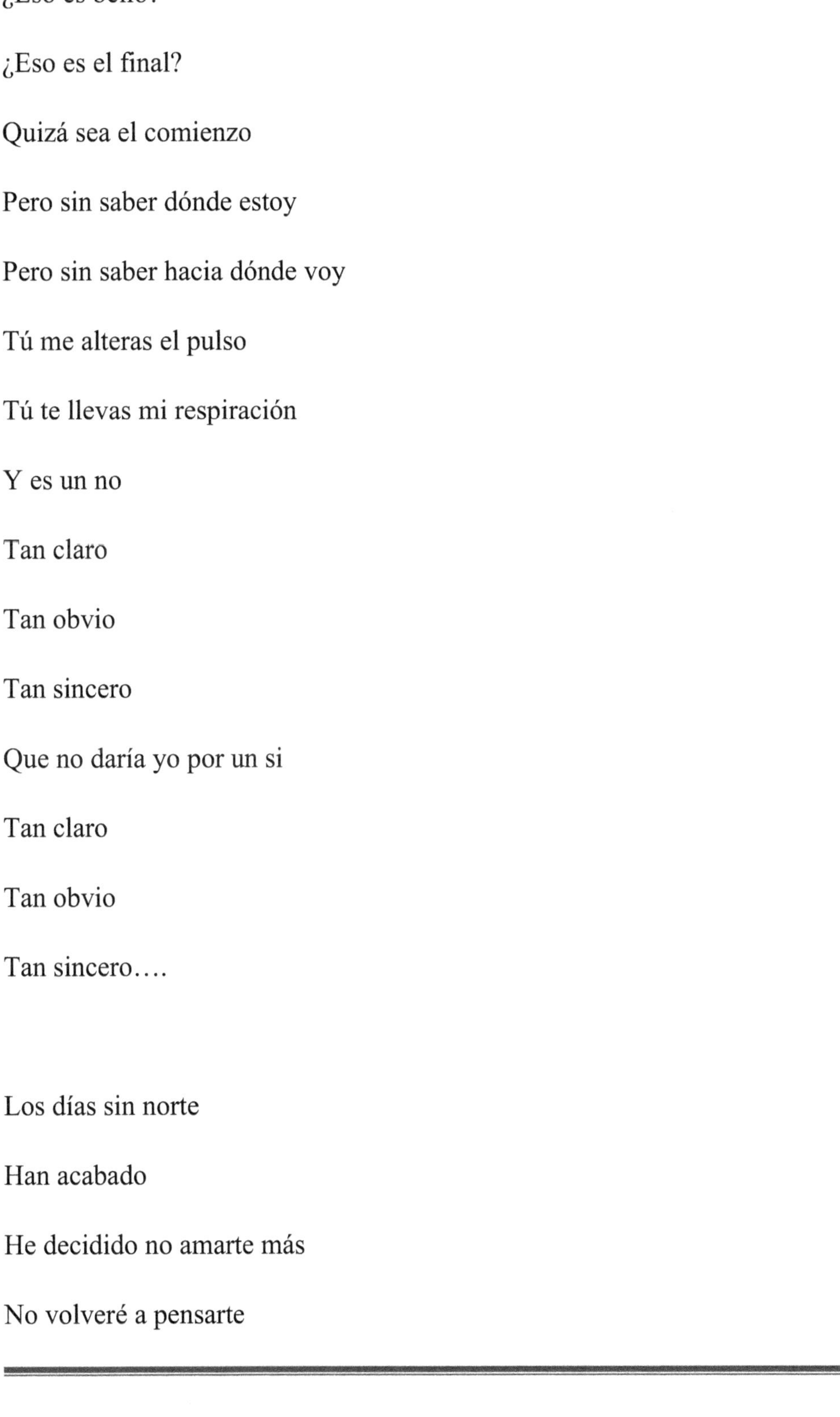

¿Eso es raro?

¿Eso es bello?

¿Eso es el final?

Quizá sea el comienzo

Pero sin saber dónde estoy

Pero sin saber hacia dónde voy

Tú me alteras el pulso

Tú te llevas mi respiración

Y es un no

Tan claro

Tan obvio

Tan sincero

Que no daría yo por un si

Tan claro

Tan obvio

Tan sincero….

Los días sin norte

Han acabado

He decidido no amarte más

No volveré a pensarte

No volveré a soñarte

No volveré a amarte

Si me quedo sin ti

Estaré mejor

Menos tensas las tardes

En que tú vienes

Y yo me retiro un poco

Por no estorbarte 5000 veces al día

Para que no se note

Para lidiar

Con el peor miura que me ha tocado siempre

El desamor

Yo creìa que yo tenìa mal la razòn

tù me convenciste de lo relativo

Yo ya te amo

Pero te dejo Libre

Yo ya vivo sin tì

Tù ya vives sin mi

Y los dos nos dejamos para siempre

Pero yo sigo viviendo en la casa del Silencio

Frente a la casa Bendita

Ah una pelota en el suelo!!!

Yo creìa que las pelotas iban en el calzoncillo

estas parece que no

Pues entonces le echarè pelotas a este poema

(y se pone a tirar con cuidado las pelotas al lector)

La nada es lo màs cierto de lo incierto

Nunca estaremos juntos

Nunca me acariciaràs

Y no como a ella

Ella tiene mucha suerte

y quizà

Ella no sabe nada de suerte

En el contrario de los opuestos

Ahì estamos

Tù

Y

Yo

Ahì estamos

Benedetti fue mi favorito

Cernuda tambièn lo fue

Igual que Tagore

Igual que Rumi

Debe ser por eso que

Yo odio lo que escribo

Toda la noche pensando en tì

Y se me retuerce el alma

Y no puedo…..

Me gustarìa pensarte asì

Desnudo

En cuerpo y espìritu

Desnudo

Como yo quisiera estar ante tì

Y no puedo….

Yo no puedo…..

Este amor està prohibido

Este amor es ilegal

Un mar de peces muertos

Y un amor

Que vive

Que late

Que vibra

Y nadie nos ha pescado

Ysomos libres

Y atados

Buscàndote a tì

Buscando la partìcula divina

Y acelero mis protones

Y no hay manera de encontrarte

Buscando una aguja en un pajar

Buscàndote a tì

Buscando lo mejor de mì

Y no hay manera de encontrarte

Estoy por decirle a Cronos que devore este amor

Ya que acaba de nacer

Porque abrazarte es utopìa

Amarte es pesadilla

Còmase este amor

He ido al mèdico

Y me ha dicho

Que estoy podrida de pasta

Y es que los macarranes del otro dìa

Todavìa me dan retortijones

Y el mèdico me ha mandado unas pastillas

Y me ha dicho

Que enseguida dejarè de estar podrida de pasta

y yo, sin querer

me deprimì

www.ingramcontent.com/pod-product-compliance
Lightning Source LLC
LaVergne TN
LVHW020011170826
845677LV00022B/2753

* 9 7 9 8 8 4 2 6 7 6 4 2 2 *